THE GRASSHOPPER

喜佐久

文芸社

目次

一の章　グラスホッパー

天正十年（一五八二年）。

「ここまで来れば、だいじょうぶか」若い侍《さむらい》が、もう一人の男にたずねた。

「二人ともつかれてるでしょう。少し休むとしますか」

男は、お市《いち》とその三歳の子、歌右衛門《うたえもん》の方をふりむいて答えた。三人は森の木陰《こかげ》に腰を下ろすことにした。歌右衛門が小川を見ている。

「歌右衛門、何をしているの」

「ちっちゃいバッタをね、葉っぱで助けようと思って」

歌右衛門は川でおぼれているバッタを葉っぱですくい、草むらに逃がしてやった。その姿を三人は久しぶりの笑顔で温かく見守った。

昨夜の事である。歌右衛門の父、名将《めいしょう》綱典《つなすけ》の城が敵対《てきたい》する毛利勢《もうりぜい》の不意打ちにより落とされた。その時、綱典は側近の二人に、お市と歌右衛門をたくし京の叔父《おじ》の城まで逃れるよう命じて倒れたのだ。

側近の二人、竜《りゅう》と虎助《とらすけ》は、いずれも一騎当千《いっきとうせん》の猛者《もさ》である。京の城までは、もう目と鼻の先で綱典との約束は、二人とも果たされたと思い、ひと息つこうとしたその時だった。

「鳥がざわついているな」

竜が虎助にたずねた。虎助は音をたてずに立ち上がり、千里眼とおそれられている自慢の両目で丘を見渡した。その目が黒い塊《かたまり》をとらえ、竜に異変を伝える。竜は虎助の視線の先をながめて呟《つぶや》く。

「百騎《ひゃっき》は居《い》るか」

「いいえ、三百は下《くだ》らないかと」

追手《おって》の姿はすでに、お市の目にもとらえることができる。今から四人で逃げても、城にたどりつくまでに追いつかれることは、火を見るより明らかである。

「俺たちだけならともかく、お市様と歌右衛門様をかばいながらでは」

申し訳なさそうに竜は、お市と歌右衛門を見た後、虎助の方に視線をうつした。

「せっかくここまで逃れたのに、万事休すですな」

虎助はつらそうに目をつむった。

その時、竜が腹を決めて虎助に言った。

「おまえは、お市様と歌右衛門様を連れて今すぐ城に向かえ、俺は時間かせぎをする」

「馬鹿《ばか》を言ってはいけません。いくら綱典様の最強の赤竜《せきりゅう》とおそれられたあなたでも、あの大軍を前に一人で立ち向かうとは、天守閣《てんしゅかく》から飛び降りるようなものですぞ……しかし私も一時は綱典様の軍師白虎《びゃっこ》と言われた男、我ら二人なら食い止めることぐらいはできるかもしれません」

「勝手にしろ」

お市も頭のいい女性である。すぐに二人に別れを言って、ただちに歌右衛門を連れて走り出した。

竜と虎助は、今にもせまってくる軍勢《ぐんぜい》に、二人だけで飛びこんでいった。

さすがに二人の腕はずばぬけている。一太刀《ひとたち》振るたびに二、三人の敵がたおれていった。

ところが相手は人海戦術《じんかいせんじゅつ》で、数にまかせて次々に兵士を送り込んでくる。ついには竜も虎助も四方を囲まれてしまった。竜と虎助は目と目を見かわし、おたがい無言で別れをつげ、次の瞬間二人とも死を覚悟《かくご》した。

その時である。一匹のバッタが刀を振り下ろそうとする敵兵の鎧《よろい》に止まった。すると次から次へとバッタの大群が敵に群らがっていく。全身をバッタにおおわれた兵士が、一人また一人と倒れていく。竜と虎助は切られる寸前でまぬがれた。

「なぜ、やつらは敵兵にばかり群らがるのだ？」

「そんなことを言ってる場合ですか。行きますぞ」

竜と虎助は、バッタに群らがられた敵兵を切りたおし、先に丘の上まで逃げていたお市と歌右衛門に追いついた。

「不思議なこともあるもんだな」

竜はポツリと呟《つぶや》きふと空を見た。背にバッタを背負ったひときわ大きいバッタが飛んでいく。

「そうか。昼間、歌右衛門様が助けた小さいバッタはこの群れの頭《かしら》の子供だったんだ」

それを聞いた虎助は歌右衛門に感心し、また真っ赤な血に染まった自分の刀を見てしみじみと言った。

「人の力がいかに強大になろうとも、自然の力には到底《とうてい》およびません。しかし、私たちはそれをすぐに忘れてしまいます」

「まったくだな」

腕に覚えのある竜が、めずらしく手を合わせて呟いた。

二の章　名将綱典

城主、秋庭能登守綱宣《あきばのとのかみつなのぶ》には、二人の息子がいた。兄の阿助《あすけ》は、剣術に長《た》け、計算には、算盤《そろばん》の必要もなく、その暗算は、大人をも凌《しの》ぐほどだ。それに引き換え、弟の吽《うん》助《すけ》は、何も取り得がなかった。

「やはり、吽助では稽古にもならんな。もっと強い剣士は、おらんのか。母者、新しい着物を。今の乱打ちで、着物はボロボロだ」

「はい。さあ、吽助も、えっ、あれだけ打たれたのに、着衣が全く乱れていないなんて」

その一部始終を、怪しい二人の男が、目を皿のようにして眺《なが》めていた。

「おい、見たか？」

「綱宣の世継《よつぎ》は、間違いなく阿助ですな」

「ああ。長年、敵対してきた我ら上杉だが、殿の辛抱もすでに限界が来ておる。しかし、綱宣一人にも、ここまでてこずったが、阿助はそれ以上の名将になるに違いない。今のうちに、何とかして叩《たた》いておかねば」

「私に、いい考えがあります。あの吽助は滓《かす》です。お耳を」

「なるほど。そちも悪よのう」

◆

「何事だ。こんな刻限だというのに、外が騒々《そうぞう》しいな」

綱宣は、小姓《こしょう》の虎助《とらすけ》に尋《たず》ねた。

「斥候《せっこう》（偵察）に竜を送りました。すぐに報告があると思います」

慌《あわ》ただしく竜が戻ってきた。

「殿、大変でございます。上杉軍の夜襲《やしゅう》です。東門で、謙信が自ら待ち受けております」

「何、それは実《まこと》か」

綱宣は、荒い口調で尋ね、竜は、無言で頷《うなず》いた。

「父上、私に行かせてください」

そばへ駆《か》け込んできた阿助が言った。

「しかし」綱宣は、考え込んだ。

「父上」

綱宣は、阿助の後ろで、息を潜《ひそ》めている叶助を見つめてから、決心して言った。

「わかった」

◆

「爺《じい》、あれが東門だな。うむ、確かに竜の報告通り、兵は、二百といったところだな」

「はい。若、お気をつけあそばされよ。謙信は、名刀山鳥毛《さんちょうもう》を持っていると聞きます」

「山鳥毛か、面白い。ん、爺、あれだな謙信は。ふふ、よかろう中央突破で片をつける」

「お待ちを、若、功《こう》を焦《あせ》ってはいけません」

「案ずるな、謙信を叩けば、あとは烏合《うごう》の衆」

「なりません」

「謙信覚悟」グサッ。

「何だ、たわいもない。んっ、これは影武者《かげむしゃ》。しまった、罠《わな》だ」

「阿助様あ」

◆

「阿助が囲まれただと、いかん、阿助に万が一のことがあれば。すぐ支度《したく》だ。余《よ》が行く」

「お待ちください。今からでは殿も危険です。それに、この城は、誰が指揮を執《と》るのですか」

「ふふ、叶助がおるではないか。なあ虎助」

「はっ、御意《ぎょい》に」

「しかし、叶助様では」

重鎮《じゅうちん》たちは、不安そうに、顔を見合わせた。

綱宣は、光のように名馬疾風《はやて》号《ごう》を走らせた。

「阿助ー」

「父上、来ないでください。私は戯《たわ》けです」

「阿助、これを受け取れ、えいっ」

綱宣は、渾身《こんしん》の力を込めて、阿助を目掛けて何かを投げた。パシッ。

「父上、これは？」

「自得記流槍術《じとくきりゅうそうじゅつ》　金の槍《やり》」

綱宣は、ニヤリと微笑んだ。

「ふふ、あとは頼んだぞ」「やー」

上杉軍の中へ、一人飛び込んでいった。ガクッ。

「父上！　貴様ら、全員叩き切る」

阿助は、怒りの涙を流し、鬼神《きしん》と化した。

「父上！　ん、まだ息はある。一刻も早く、吽助の元へ向かわねば」

◆

「ふふ、貴様が吽助だな。おまえごときに使う刀ではないが、冥土《めいど》の土産《みやげ》に、我が上杉軍最強の剣、いや、この世で最強の剣、無銘一文字《むめいいちもんじ》山鳥毛で、この永い上杉と秋庭の戦に終止符《しゅうしふ》を打ってやる。覚悟《かくご》っ」

「吽助様」重鎮も姫たちも、涙を流しながら叫んで目をつぶった。「カキーン、グサッ」

姫たちは、恐《おそ》る恐る目を開けた。その視線の先には、一本の槍に胸を貫《つらぬ》かれた謙信が立っていた。

「ぐふ、そんな馬鹿な。この時のためだけに、一生をバカのフリを演じていたというのか。恐るべき奴。ごふっ」

「吽助様、吽助様」

「吽助様、あなたって人は」一人、密命《みつめい》を受けていた虎助は、満足そうに、涙を流して頷いていた。

「吽助」

「兄上」

「父上、しっかりしてください。すぐに薬師《くすし》が参《まい》ります」

「見事だったぞ。一旨《いっし》流槍術《りゅうそうじゅつ》　銀の槍」

「待ってください。もっともっと教えてほしいことが、たくさんあります」

「おまえに教えることは、もう何もない。すまなかった、もう今からおまえは、愚者を装う必要はない。名は、綱典《つなすけ》と名乗るがよい。竜、虎助、頼んだぞ」

「はっ、綱宣様」竜と虎助は、大粒の涙を流していた。

「秋庭《あきば》能《の》登守《とのかみ》綱典《つなすけ》」

これが、この後《のち》、数々の歴史を塗り替える、名将綱典誕生の瞬間だった。

三の章　じゃじゃ馬姫

「キエーッ」

「春名姫殿、参りました」

「よし、次、んっ⁉」

春名は、竹刀《しない》を置き、振り向いた。

「春名姫、父上が、お呼びです」

「うむ、皆のもの、しばし小休止」

「はい、春名姫」


「父上」

「うむ、真田が遂に動きだした。お前を嫁に出さねば、我らを攻めると申してきおった」

「わらわに、嫁《とつ》げと」

春名は、歯を食いしばった。

「真田になど嫁がせるものか。しかし、今の我々には、真田に対抗する兵力は無い」

春名の父、宗光は、悔しそうに目を瞑《つむ》った。

「父上」

「春名よ、弱体した我が軍に加担してくれる武将などもう居ない。もし、あるとすれば……」

「秋庭能登守綱典《あきばのとのかみつなすけ》」

春名は、宗光が言う前に、ポツリと言った。

「そなたも知っておったか。しかし、この人物については、まだまだ謎が多すぎる。春名を近づけるのは、あまりにも危険だ」

「フフ、いいわ。同じ嫁ぐなら、綱典とやらに賭《か》けてみる。それに……」

春名は、珍しく、含み笑いをして、頬《ほほ》を赤く染めた。

「それに何じゃ？」

「フフ、何でもない」


早速、春名は、綱典に献上された。

「この男が、綱典だと。おかしい、綱典は、もっといい男だと聞いているぞよ」

春名は、勝手が違うので、取り乱した。

「何だとっ」

綱典に、なりすましていた竜が、真っ赤な顔をして怒鳴ろうとした。

その一幕を、隣の部屋から眺めていた虎助と綱典が、こらえきれずに吹きだした。

「んっ、あの方は？」

綱典は、部屋のふすまを、大きく開けた。

「信じられぬ、この世に、こんな殿方が、おったとは」

春名は、吸い込まれるように、綱典の部屋へ入って行った。

「しまった、つい、うっかり部屋へ入ってしまったが、これは、いよいよか。んっ」

しかし、綱典は、春名には目もくれず、背を向けたまま、せっせと書き物をしていた。

二人は、無言のまま、夕刻をむかえた。

「綱典様、夕餉《ゆうげ》は、何にいたしましょう？」小姓がやってきて尋ねた。

「もう、そんな刻になるかな。そうだな、梅を二膳たのむ」

「はっ、梅ですか。なるほど、かしこまりました」

「春名姫と申したかな。あいにく今宵は、これが精いっぱいのモテナシだ」

綱典は、沢庵を一口かじって、御飯と一緒に食べた。春名も、向かいに座って、吸い物を一口すすった。二人とも無言で食べて、最後に綱典は、茶碗に茶を注いでから、沢庵で茶碗の米粒を掃除して飲み干した。そして、すぐに書き物の続きに取りかかっ

た。春名は、その様子を、静かに見守っていた。

「春名姫とやら。もう子《ね》の刻を過ぎておる。先に寝られよ。私はまだ書き物が途中ゆえな」

「驚いた、殿とは、やっかいな仕事は、全て家来に押し付け、持て余した刻は、おなごを抱くだけの獣《けだもの》ではなかったのか」

「フフ、確かに、そのような主君も多かろうが、そのような城は、長続きはせぬ」

「そなた、わらわにも、何か手伝えることは、ないか」

「それは、山ほどあるが、なにゆえだ」春名は、頬《ほほ》を赤くして言った。

「わらわは、そなたが、気に入ったようじゃ」


一方、春名の父、宗光は。

「遅い、このままでは、我が城は、半刻ともたぬぞ。春名のやつ、しくじりおったか」

「父上―」

「あれは、男の背に春名がしがみついておる」

秋庭軍にとって、真田など敵ではなかった。

「おお、来てくださると信じておりました。あなた様が、綱典様であられましたか。なるほど、噂《うわさ》通り凛々《りり》しいお顔をなさっておられる。春名、よくやってくれた。それでは、綱典様、春名を……」

「いや。悪いが、じゃじゃ馬を返しに参った」

「えっ」

宗光は、思わず、変な声を返してしまった。

「綱典様、もう行ってください。私、あなたとお別れができなくなります」

「驚いた、春名が、あのような言葉づかいをするなんて」

名馬疾風号《はやて》に、一人で寂しそうに跨《また が》って帰って行く綱典の後ろで、虎助が、隣の竜に一言だけ言った。

「おしい娘でしたがな」

「ああ」

竜と綱典は、声を揃えて頷いた。

四の章　くのいち市

「酷《むご》いことを。まだ年端《とし は》もいかぬのに」

「もしや玄武《げん ぶ》一味の仕業では？」

「しかし、奴らは、金目の物にしか興味はないはず、見ろよ、坊は、何かを握りしめてるぜ。簪《かんざし》かな」

「この簪は、手掛かりになるかも知れん」竜は、懐にしまった。

子《ね》の刻、夜の闇に紛れて、不気味な影が交錯する。

「お頭」

「何か神器の手掛かりは、つかんだか？」

「それが、何も」

バシッ。男は、いきなり殴られた。

「申し訳ありません」

「我ら、玄武の目的は、秋庭家に代々伝わるという、三種の神器を奪い、我が主、真田幸村様の天下が未来永劫続く礎を築き上げること。どんな手を使っても、秋庭《あきば》能登守綱典《のとのかみつなすけ》から、手掛かりを聞き出すのだ」

「御意に」

◆

「よし、今日の朝稽古《あさげいこ》は、生き残り腕立て伏せで仕上げとしよう」

綱典は、着物の袖を捲《まく》り上げた。

「今日こそは、大盛り飯は、俺が頂きます」

竜は、自信ありげに言った。

「いえ、私です」虎助も謙虚に言った。

秋庭兵三百名が、一斉に腕立てを始めた。

「百九十一、百九十二、百九十三……」

ほとんどの兵は、脱落し、残り五名に絞られた。

「百九十九、二百、と、いつも最後に残るのは、我々だな」

綱典が、竜と虎助に言った。

「まったくです」虎助も赤い顔で答える。

ふと竜が、視線を丘の上に向けた。

「あのオナゴは、何だ？」

「ふむ、今日の勝負は、お預けとしよう」


「あなた様が、綱典様ですか」

「いかにも」

「朝稽古に、私も加えて頂けないでしょうか。剣術には心得があります」

「面白い、俺が試してやる」竜が木刀を構えた。

「キエーッ」

「うっ、強い」

「見事な太刀筋だ。是非、明日から師範として、我々にお教え願いたい」

◆

「柳生剣術の数々、見事です。これで、我が秋庭も、さらなる兵力を得たことでしょう。一体、どこで身に付けられたのです？」

「……」

「いや、これは、ぶしつけな質問でした」

その二人の様子を、遠くから見ていた竜が、虎助に言った。

「なかなか、綱典様と女師範、いい感じなんじゃないか」

「私も、そう思います。しかし、師範は、何が目的なのでしょう？」

「俺も、そこを疑問に思う」

「綱典様、急ではありますが、稽古の指導は、本日までといたしとうございます」

「そうか。そなたにも都合があろう。それでは褒美を弾まねば、金百両と、他には？」

「はい。私は、剣を極めたい者として、秋庭様に代々伝わる最強の剣が拝見したいです」

「ふむ、三種の神器、一旨流銀の槍と自得記流金の槍か。それなら、本殿に置いてある」

「これは、見事な銀の槍ですね」

「譲り受けたのは、銀。金の槍は、兄者だ」

「お兄様が。ここには、第二、第三の神器は無いようですね。噂では鏡だと」

「フフ、それればかりは、そなたは受け取らぬだろう」

「何故です？」

「いや、すまぬ。喋りすぎたようだ」

◆

「お頭」

「いよいよ今夜だ。綱典の本殿へ向かう」

玄武の忍びたちは、静かに頷いた。

「銀の槍は頂いた。真田様も喜ぶだろう」

「ムッ」

カキーン。

「玄武の首領は、腕がたつと聞いている」

カキーン。

「しかし、この太刀筋は？」

カキーン、カキーン。

剣豪の綱典が、かなり圧《お》されている。

カキーン。

綱典の剣が、辛うじて首領の覆面に掠《かす》った。

「んっ」

月が雲から出て、顔が照らされた。

「そなただったのか」

「俺に近づいたのも、最初から」

「始めは、そのつもりでした。しかし、いつしか。くのいちに恋など、ましてや私は」

綱典は、懐から首領に手渡した。

「これは？」

「それこそが、そなたの欲しがった、三種の神器の一つ、花嫁の手鏡だ」

「これを私に」

「しかし、私は、幸村に、幼い弟を人質に取られている身」

「もしや、これは？」

綱典は、竜から預かった簪を、首領に渡した。

「町外れで、倒れていた幼い子供が、最後に握りしめていたそうだ」

「ううう」

「幸村め、許さん」

竜と虎助が、駆け込んで来た。

「綱典様、曲者《くせもの》を全て、ひっ捕らえました。真田の忍びのようです」

「うむ。御苦労」

「えっ、くのいちは、師範だったんですか」

竜が驚いて言った。

「どうりで、強いわけですな」

虎助も感心して言った。

「あらためて、私の名は市《いち》と申します」

綱典は、温かく市を受け入れた。

五の章　酒と唄と花魁

「私たちは、旅芸人の一座でございます。歌い手の私《わたくし》桃香と、三味線、和太鼓、横笛の四人で東西、津々浦々と巡っております」

「噂は、かねがね聞いております。桃香殿の歌声を聴けば、疳《かん》の虫をおこした赤子で

も、すやすや眠りにつくそうな」

「恐れ入ります」

桃香は、頬を赤らめた。

「それでは、その歌声を集会所の方で」

「かしこまりました」

◆

「杜氏《とうじ》（注1）、どうかお許しください」

「馬鹿者、あれほど麹《こうじ》（注2）の管理には気をつけろと言ったはずだ。お前のせいで、一年を棒に振ることになった。どうしてくれる」

可愛そうな、丹波酒造の下人は、涙ながらに虎助に訴えた。

「ところで、その酒は？」

綱典が、虎助に尋ねた。

「はい。勿体ないので、全て、集会所の大樽に移しましたが」

「そいつは大正解だな」

注1　酒の出来栄えを左右する、指導的立場にある人物
注2　酒を造るのに使う、麹カビを繁殖させたもの

「はっ？」

虎助は驚いて言った。

「全額とまでは言わないが、私が買い取ると、その下人に言ってやってくれ」

「はっ、かしこまりました。しかし、あんな酒を、一体、どうなさるおつもりで？」

「ふふふ」

◆

「おいおい、何か集会所の方が騒がしいな」

「なんだ、おめえさん、知らねえのか。花魁《おいらん》（注3）の暖睦《だんむつ》が婿《むこ》を選ぶ催しがあるんだ」

「ほお、そいつは見ものだねえ。しかし、やたらと太鼓や笛の音が、やかましいようだが？　あの歓声の大きさは何だ」

「なんでも、異国風の歌い手が、調子を取っていて、おまけに酒も飲み放題らしいぜ」

「そいつは、うかうかしてられねえな。急ごう。置いてくぞ」

◆

「驚きました。こんな演奏は、聞いたことがありません」

冷静な虎助が、興奮気味に竜に言った。

「ああ、俺も歌のことは、よく分からないが、桃香殿の歌声は、胸の奥まで染み渡ってくる感じだ」

「見てください。いよいよ、花魁の暖睦のお出ましです」

「ほお、さすがに美しい。一体、誰が暖睦の心を射止めるんだろうな」

「確か、竜の所の三人衆の一人も名乗り出てるのでは？」

「ああ、弓の操傑《そうけつ》だ。奴より腕力の強い男は居ない」

「私の塾からは、首席の蒼紫《あおし》です」

「本殿からも、丹後一の美男子、蘭丸《らんまる》が出てるはずですね」

お市が言った。

「質屋の若旦那は、一万両の財を持っているそうな」

「あの男は、何だ？」

綱典が尋ねた。

「見たところ、全くうだつが上がりませんね」

「それに、帳簿にも、特に目立った長所は、書かれていません。名は、孫六《まごろく》です」

「綱典様、この度は、私どもの若い衆の不手際で申し訳ありません。あのような酒では、大変お恥ずかしいです」

「うふふ、杜氏さん、これを試してみては？」

注3　今で言うところの、ナンバーワンキャバ嬢

お市が、盃を杜氏に手渡した。

「これは、市様。恐れいります」

杜氏は、盃を飲み干した。

「むっ、これは」


「綱典様、私どもの楽団は、楽しんで頂けましたでしょうか」

桃香は、演奏を終えてにっこり笑った。

「もちろんです。素晴らしい歌声、心置きなく、日本じゅうに響かせてください。これは、証《あか》し札《ふだ》です」

「ありがとうございます」

「えー、それでは、日本一の花魁、暖睦からの発表です。花婿に選ばれたのは？」

「孫六さんです」

「えーっ」

「恐れいりますが、孫六さんを選んだ理由は何ですか」

「実は、孫六さんが、うちのお店に来る時は、私しか指名したことがないんです」

「へーっ」

「綱典様、一体あの酒は、どのように造られたのですか。私は、この道七十年、こんなに美味い酒を飲んだことがありません」

「ふふ、実は、南蛮《なんばん》から、以前、若草色の奇妙な粉を贈られてな。舌の上で弾くようで、なんとも心地よいだろう」

「あの男を、頭ごなしに怒鳴って、大変お恥ずかしい。ところで、この琥珀《こはく》色の美しい酒の名は何と？」

「ふむ、確か南蛮では」

「はい」

「飛蝗《ぐらすほっぱー》と」

六の章　妖刀 千子村正

竜の軍隊の三人衆。操傑《そうけつ》は、弓の名手。一町《いっちょう》（約２００メートル）先の兜《かぶと》の額を的にしても、的中させることができる。燈傑《とうけつ》は、長剣を、三日三晩振り続けることができ、鵬傑《ほうけつ》の調教した馬は、百里（約４００キロ）を駆け抜けることができる。その三人衆を束ねる竜は、主に綱典の武の要。それに対して虎助は、文の要に位置する。

「お呼びでしょうか、綱典様」

竜は、稽古を終えるなり、肩で息をしながら綱典の言葉を待った。綱典は、言いにくそうに口を開いた。

「近頃、町で、暴動が頻繁に起こっているのは知っているな」

「はい」

「お年寄りからは、金品を奪い、若いおなごは、さらわれていくそうだ」

「なんとも卑劣な奴らですね。一体、どこの盗賊なんですか」

「それが」

綱典は、思い切って言った。

「どうも、赤竜団《せきりゅうだん》の仕業らしいのだ」

「なんですと?」

竜は、耳を疑って言った。

「師匠に限って、そんな」

「いずれにしても、なんとか手を打たねばなるまい」

竜は、信じられない様子で、しばらくの間、うつむいていたが、腹をくって言った。

「綱典様、この件は、俺がひきうけます」

「頼んだぞ」

竜は、赤竜団の本拠地、双竜《そうりゅう》の館《やかた》に入って行った。

「十年ぶりになるな」

「竜兄貴、帰ってきたんですね」

「竜兄貴」、「竜兄貴」

「久しぶりだな。皆、元気だったか」

「兄貴こそ。さらに胸板が厚くなったようですね」

「夕凪《ゆうなぎ》か、ところで、確か、鳳竜《ほうりゅう》の間《ま》は、突き当たりだったな」

「それが兄貴」

「んっ、どうした夕凪？」

「鳳竜師匠は、一夜にして、人が変わってしまったんです」

「何だと」

「我ら赤竜団は、統率のとれた集団です。師匠の人柄と、人望に惹かれて、皆ついて参りました。ところが、伊勢から訪れた鍛冶《かじ》職人に出会った途端、師匠は、金と女の亡者のように」

「夕凪、なんだか外が、騒がしいな」

「はい。師匠、竜兄貴が帰ってきました」

「ほう、竜か。何しに来た？」

竜は、師匠の鳳竜を見て言った。

「変だな。俺の知っている鳳竜は、もっと目が澄んでいた」

「鳳竜と呼び捨てか。偉くなったもんだな」鳳竜は、刀を抜いた。

「夕凪、下がっていろ。こいつに天誅《てんちゅう》を下してやる」

竜は、鳳竜に刀を振り下ろした。

カキーン。カキーン。カキーン。

竜の刀は、全て鳳竜に受けられている。

「おまえに、刀を教えたのは、わしじゃぞ」

鳳竜は、勝ち誇ったように言って、ニヤリとした。

「最後は、わしの最強の奥義で勝負をつける。これが、お前に受け止められるか。三分身。ヤーッ」

カキーン。

「何？」

グサッ。

「五分身だと、そんな馬鹿な」

ガクッ。

竜は、鳳竜の胸に刺さった刀を抜いて、一言だけ言った。

「古いぜ」

後ろで、控えていた夕凪が、竜に寄り添って言った。

「師匠の表情が、昔のように」

そして、鳳竜の刀を拾おうとした。

「その刀に、触るんじゃねえ」竜が言った。

「妖刀、千子村正《せんごむらまさ》」

「えっ」

「伊勢の鍛冶職人と聞いた時、ピンときたんだ」

◆

「鎮まり給え。エイッ」

お市が連れてきた、玄武のイタコ（口寄せをする巫女《みこ》）伊津奈《いづな》の祈禱《きとう》を、綱典と竜と虎助は、見守っている。

「主君の浮気により、斬られた正室の怨念が宿っていた。女の情とは、それほど深いものよ。そなたらも、くれぐれも気をつけ給え」

お市を前にして、綱典は、苦笑いするしかなかった。

「ところで、赤竜団の首領は、誰に決まったんだ?」

綱典は、竜に尋ねた。

「もちろん夕凪です。もう一度、一から始めると言っておりました」

師との別れに、竜の目は霞《かす》んでいた。

七の章 蒼き狼 義経

「九百九十七、九百九十八、九百九十九と、確かに九百九十九本じゃ。わしは、決して油断はしない。フフッ、遂にこの時が来た。千本目は、愛用の巨大如意棒《にょいぼう》で決める」

その男は、いつものように五条の大橋へ自信満々に向かって行った。橋の真ん中で仁王《におう》立ちで待ち受ける。

「来たか、いや違う。女か、いいや女みたいな男だ。フフッわしはツイてるな」

百戦錬磨《れんま》のその男は、慣れた手つきで如意棒を振り回し向かってくる優男《やさおとこ》(男前。色男)に大声で尋ねた。

「刀を置いていくか、わしと戦うか選んでもらおう。もっとも勝負は見えておるがな」

その優男は、少しも臆する様子もなく、大男の隣を素通りしようとした。

「おっと待ちな、色男。意外と強情な奴だな、これでも食らうか」

大男は、容赦なく如意棒を振り下ろした。しかし、すでにそこには優男は居ない。橋の上に素早く逃れていた。

「ほう、逃げ足だけは速いな。しかし、わしは、決して油断はしない。千本目は、わしの最高の一撃で勝負を着ける。エイヤー」

大男は、渾身の力を込めて橋の上の男めがけて突いた。しかし、優男は逃げようともしない。

「馬鹿が。おぬしは、自ら墓穴を掘ったのじゃ。これをかわした奴は誰一人居ない」

大男が勝ち誇ったその時である。如意棒が優男の前でピタリと止まった。

「何、ピクリとも動かん」

大男は、信じられないという表情をして、如意棒の先を見た。そこには、優男の美しい白い手が添えられている。大男は、大きい目を見開いて呟《つぶや》いた。

「なんと、おぬし素手で受け止めたというのか」

そして心の中で確信した。

（このお方だ。わしが探し求めていたのは）

「わたしをあなたの家来にしてください。一生お守りいたします。わたしは、弁慶。武蔵坊弁慶と申します。あなたの御名前をお伺いしたいのですが」

その美しい男は、一言だけ答えた。

「義経（注4）」

「本日の、日本史は、ここまでとします。小休止のあと戦術の講義ですが、本日は、陣形ですね」

綱典の兵士三百名に、朝稽古のあと朝食を食べてからのまだ日の高い日中は、文の要の虎助が先頭に立って、あらゆる学問を教えている。

「虎助様。失礼いたします。綱典様が、お呼びです。異国の方が訪れたそうで、虎助様に、通訳をお願いしたいとおっしゃってます」

「承知しました。それでは蒼紫《あおし》、私の代わりに、戦術の講義をお願いします」

「わかりました」

明《みん》から来た使者は、綱典に、貿易が許可されたので、たいそう喜ばれていた。

「オレイニ、オモシロイモノヲ、オミセシマス」

虎助は、使者の代わりに続けた。

「これは、蒼《あお》き狼テムジン（チンギス・ハン）の側近が愛用していた、大きな薙刀《なぎなた》です」

注4　牛若丸

それは、刃の部分だけで三尺五寸（約一メートル）もあった。

「この他にも、その側近は、千本近い刀を使いこなし、あらゆるテムジンの危機を救ったそうです。そのような、優秀な側近とテムジンが、一体どのようにして出会うことができたのか。史実を探すにも、四十歳までの記述は、どこを探しても見つからないので」

使者が、帰って行った後、虎助は、綱典に言った。

「あの薙刀は、おそらく、三条小鍛冶宗近《さんじょうこかじむねちか》の造った岩融《いわとおし》に間違いありません」

「岩融と言えば、武蔵坊弁慶が愛用していたという」

「しかし、それが、どうして明に？」

虎助が、不思議そうに言った。

「あんな大きな薙刀を、使いこなせるのは、恐らく、弁慶をおいて他にいないだろう」

綱典も、太鼓判《たいこばん》を押して言った。

綱典と虎助の推測は一致したようで、二人とも顔を見合せて微笑んだが、お互いそれ以上は、語らなかった。


〜エピローグ〜

義経は、本当に平泉で倒れたのだろうか。今も語り継がれるロマンがある。

遥か海の彼方で世界を統一した一人の美しい男、蒼き狼チンギス・ハン。いつも彼の隣には、千本の刀を持つ大男が離れなかったという。

八の章　若旦那の弟

「虎助様、質屋、越前屋の若旦那、一郎が訪ねて参りました」

本殿一の美男子、蘭丸が案内してきた。

「これは、一郎殿。この前の集会所の演奏会では、残念なことでしたな」

「いえいえ、大変お恥ずかしい。金に物を言わそうとしたのが間違いでした。下っ端の芸妓《げいこ》ならいざ知らず、一流の花魁《おいらん》ともなると、人物を見抜くんですね」

一郎は、はにかんで言った。

「いやいや、お前さんも立派な、人格者ですよ」

「恐れ入ります」

「ところで、話と言うのは？」

「はい。実は、私には年の離れた弟が一人居るんですが」

「うむ。確か次郎でしたかな」

「そうです。早くに父が他界したので、私が父親代わりに育ててきたんですが、最近、仕事に身が入らないらしく、私の言うことを全く聞かないんです」

一郎は、困った顔をしてうつむいた。

「ふむ。天下の越前屋なら、お金にも不自由しないからな」

「いえいえ、私が言うのもなんですが、次郎には早く所帯を持ってもらって、店を任せたいと思ってるんです」

「ふむ、越前屋は、この町を支える大動脈ですからな」

一郎は、元気なく帰って行った。

◆

「さすがは、夕凪殿《ゆうなぎ》ですな」

「ああ、あいつも、赤竜団を立て直そうと必死だからな。この分だと、正午までに、幕の内弁当三百個は売れるだろうよ」

竜は、満足そうに腕組みをした。

「それに引き換え、越前屋の次郎は、まだ二個ですね」

虎助は、溜息をついた。

「んっ、次郎の弁当が十個売れたぞ」

「えっ、客が雪崩《なだれ》のように押しよせて買っていく。なぜです」

「信じられん。兄のスネをかじる放蕩《ほうとう》息子だとばかり思っていたが、こんな商才を隠し持っていたとは」

竜は、興奮気味に言った。

「次郎さん、珍しく、今日は、お弁当を売っているんですね。私も、一つ頂こうかしら」

振袖を着た女性が一人、弁当を買った。

「お、お初さん。お、お久しぶりです」

次郎は、お初から目をそらしながら言った。

「ふふ、また伺いますね」

「は、はい。さようなら」

次郎は、真っ赤な顔をして、辛うじて言った。

その一部始終を見て、虎助が竜にささやく。

「あれですな」

「ああ」

竜も相槌《あいづち》を打った。

◆

「今日も、次郎は、順調に売り上げてるようですね」

虎助は、微笑んで言った。

「ああ。もう、夕凪の助けは、いらないぐらいだな。ところで、お初は？」

竜は、虎助に尋ねた。

「それが、今日も来ないんです。これで、二週間ですな」

◆

「夕凪様、三週間、どうも御世話になりました。虎助様、竜様、これで次郎も、一人前になる足固めができました。本当に有り難うございます」

越前屋の一郎は、深々と頭を下げた。

ふいに、竜が呼び止めた。

「ところで、次郎」

「はい」

「いや、いいんだ」

竜は、言葉に詰まった。

虎助と竜は、城に戻って、いつものように、綱典に報告した。すると綱典は、少し笑いながら言った。

「実は、お初と次郎は、幼馴染《おさななじ》みで、この度、お初は薩摩《さつま》に嫁ぐことが決まってな。それで最後に次郎の顔が見たくて、この前、弁当を買いに来たというわけだったんだ」

「なんだ。綱典様は、知っておられたんですか」

虎助は、表情を崩した。

「早く、好きだと言わないからだ」竜は、吐き捨てるように言った。それを聞いて、
虎助は、表情を崩したまま言った。

「竜なら、言えますかねえ」

「俺は、言えない」

「私もだ」

綱典も、竜をかばうように続けた。

九の章　千里眼

「虎助様、大変です」

「一体、どうしました?」

「ハチベエの家族が、ならず者に、ボッカ賭博で、財産を全部巻き上げられています」

「しかし、ハチベエと言えば、真面目な百姓で有名じゃないか。どうしてまたボッカなどに手を出したのだ?」

虎助は、村人に尋ねた。

「それが、ボッカに負けたら、ハチベエの一人娘、お里をさらって行くと言うのです」

虎助は、呆れて眉を寄せた。

◆

「へへ、ハチベエ、いいかげん諦めろ。今で十両になるぞ。もう、これで負けたら、お里はもらう」

「ハチベエ、あとは、私に任せるんだ」

「こ、これは、虎助様。どうしてこちらへ？」

ハチベエは、驚いて立ち上がった。

「何、虎助だと」

「私が、相手だ。文句は、あるまい」

「ホホ、こいつはガッポリ稼げるぜ」

◆

「何、また役満だと」

「フフ、これで、ハチベエの借りは返せたな」

「ちょっと待ちやがれ。もう一回だ」

「やれやれ。いいだろう」

ならず者の耳元で、頭《かしら》が囁《ささや》いた。

「仕方がない。あれを使え」

ならず者は、にやにやして、牌《パイ》を取ったふりをした。

「待て。今、イーピンをすり替えたな」

「はて、何のことですかな」

「私は、暗カンで持っている。なぜ、イーピンが五枚あるんだ」

「そ、それは」

「やめておけ。虎助の千里眼は、欺《あざむ》けないぜ」

竜のドスの利いた声に、ならず者たちは、逃げて行った。

◆

「三歳の童《わらべ》が、居なくなった」

「虎助様の御力を是非」

童の父親は、藁《わら》にも縋《すが》る思いでお願いした。

虎助は、童の父親に尋ねた。

「童の行き先に心当たりは？」

「心当たりと言われましても、全く」

「母親は、どうしたのだ」

「三日前から熱に、うなされておりまして」

「ふむ」

虎助の目が輝いた。

「その童の特徴は？」

「灯《あかり》の特徴と申されましても、特には」

「どのような些細なことでも構わぬ。何か」

虎助は、必死で聞きだそうとした。

「こんなことが、虎助様のお役に立つか分かりませんけど」

村のオババが口を挟んだ。

「オババ、何でもいい。言ってくれ」

「はいな。灯の母は、灯を身ごもっている時に、村で火事があったので、灯を産んだ時、首筋に小さな赤痣《あかあざ》があったことを嘆いていましたじゃ」

「オババ、それは確かか」

「はいな」

虎助は、周りの山を見渡した。新緑が美しい初夏だ。

「あれだ。竜、赤竜団に召集をかけて、大山の薬師如来《やくしにょらい》様への山道の中腹を捜索してください」

虎助は、竜に素早く指示を与えた。

「よし、分かった」

大山が夕日に照らされた頃、赤竜団の首領の夕凪《ゆうなぎ》が、灯をオンブして下山してきた。

「お父」

「灯、良かった。無事で」

村のみんなは、涙を流して喜んだ。

「オババの手柄ですね」

虎助が謙遜《けんそん》して言った。

「なあ虎助、四方、山に囲まれている中から、どうやって、灯の小さな薄い点を見つけることができたんだ。鳥取砂丘の中から、金粉を探すようなもんだぞ」

竜は、感心して言った。

「ふふ、恐らく、灯は、母親の病を治すために大山の薬師如来様に、お願いに行く途中だったんだな。だから、私は、薬師様への山道にだけ集中すればよかったわけだ」

虎助は、珍しく自慢げに言った。

「範囲が絞られても、あんな針の先を、見つけるのも凄いがな。恐るべし千里眼」

竜は、お手上げといった仕草をした。

「オラー、虎助。見つけたぞ。さっきは、世話になったな」

ボッカ賭博の、ならず者が、虎助の周りを大人数で囲んだ。

「こいつは、綱典の文官で、頭だけの男だ。喧嘩《けんか》は、からっきしだ。やっちまえ」

ならず者は、一斉に虎助に刀を振りかざした。

それを見て、竜が、一言だけ言った。

「馬鹿が。お前ら百人、束《たば》になってかかっても、勝てる相手ではないわ。軍師白虎《びゃっこ》にはな」

十の章　宣統帝 幸村

「なんと。まだわが秋庭軍、綱典様の武力を知らない馬鹿どもがおるとは」

武の要、竜が呆れて言った。

「はい。残念ながら。敵兵の数は三千、将は、毎晩、宴会をして贅沢《ぜいたく》な物しか口にせぬ男です」

虎助が敵情報を読み上げた。

「ふむ。それなら我らは、兵千五百、直属の精鋭部隊百で余りあるが、窮した将は、すぐに自害しかねない。二百で、なんとか食い止め、生け捕りにせよ」

綱典は、冷静に指示を伝えた。

◆

「綱典様。敵将の生け捕りに成功しました。こちらの負傷者は、軽傷三十、重傷一です」

「見事だ。重傷は誰で、具合は？」

「はっ、最前線で戦っていた小平太で、虎助様の見立てでは、左足の裂傷で、応急の処置も、虎助様が自ら」

綱典は、それを聞いて安心した。

「ところで、将は、あちらか」

「貴様が、綱典か。わしを殺せ。生き恥をさらすぐらいなら、死を選ぶ」

「残念だが、私の国では、よほど羽目を外さぬ限り、死罪はない。観念するんだな」

「えっ」

「そなたは、明日から、俵《たわら》三十の罪だ」

「何じゃ、それは？」

それを聞いて竜が言った。

「お言葉ですが、綱典様。俵三十では、罰が軽すぎるのでは」

「ふふ、初日だけ飛ばし過ぎても、明くる日から腰が立たねば、元も子もありませんからな」

虎助が笑いながら言った。

「なるほどね」

仕方なく竜が納得した。

◆

囚人が、敵将に言った。

「お前さんも、腹が減っただろう。ほれ、食べな。今日は、ラッキーだ。沢庵まで付けてくれてるだよ」

「何、塩むすびだけ。これが昼飯だと？　これだけ働いたのに、もっとご馳走《ちそう》はないのか。綱典のケチめ」

「いらないんなら、食べないでいい。返してくれ」

「待て待てい。食べる」

敵将は、渋々、口に放り込んだ。

「うっ、これは。美味い。俺は、こんなに美味いものを、生まれて初めて食べた。一体、どんな料理人が作ったんだ？」

「馬鹿者。一生懸命に働いたあとは、何を食べても美味しいもんだ。明日からは、オイラと同じ、五十俵を運びやがれ」

「いや、それだけは、御免こうむる」

「ふふ、まさに同じ釜の飯を食った仲間ですな」

「ああ」

綱典は、笑って虎助に答えた。

一方、真田では。

「爺。玄武《げんぶ》の市《いち》から、三種の神器の報告が、途絶えているようだが」

「それが、幸村様」

「どうした？」

「神器を奪う折に、しくじったようで」

「市ほどの使い手がか」

「はい。さらに市の人質も」

「まさか、バレたと言うのか？　あり得ん」

「簪《かんざし》です」

「ぐうー。それで、市は今は？」

「はい。なんでも綱典の内縁になり下がったとか」

「解せぬ。市ほどのオナゴが、たかが男一人に誑《たぶら》かされるとは思えん」

「しかし、綱典を知る者は、皆、綱典の力になりたいと思うらしいですぞ」

「なんと。綱典は魔性《ましょう》か？」

「いえいえ。正攻法と聞きます」

「またしても綱典か。フフッ。嫌な奴が敵についたな」

幸村は、子供らしくニヤリと笑った。

十一の章　なごり雪

「お前さん、そんなに根をつめなくてもいいんですよ」

「いやいや、俺みたいに、なんの取り得もない人間は、人一倍の努力をしなくちゃ。お前が嫁に来てくれてから、ろくに美味い飯も食わせていないからな」

孫六は、暖睦《だんむつ》に申し訳なさそうに言った。

「ふふ、そんなこと。私は、真面目なあなたと、添い遂げるだけで幸せなんですよ」

「暖睦よ、喜んでくれ。今回、川ノ坊宗碧《そうへき》様が、直々に和菓子を教えてくださるそうだ」

「寛大な宗碧さんは、広く人を集め、才能のある作品を見極めてくださるそうね」

「俺は、必ず優勝して、宗碧様の弟子にしていただくんだ」

それを聞いて、暖睦は、温かい目で見守った。

◆

「お前は、確か孫六じゃないか」

「これは、竜様」

「この間の演奏会で、花魁《おいらん》の暖睦を射止めたのには、恐れ入ったぜ。その後は、どうなんだ？」

「はい。家内には、苦労をかけています」

「いやいや。それで、今日は、お前一人か」

「はい。恥ずかしながら、私は今回、川ノ坊様の……」

「ああ、和菓子職人の弟子を探してるんだったな。孫六も出るのかい？」

「はい。しかし、なかなか作品が決まらなくて、お題は、雪なんですが」

孫六は、竜に頭を下げて別れた。


「孫六さん」

「はっ」

「私は、桔梗屋《ききょうや》の番頭です」

「桔梗屋さんが、俺に何か」

「はい。先ほど川ノ坊様の和菓子のお話を、立ち聞きしてしまいました。実は、桔梗屋の坊ちゃんも和菓子に出品されるのです」

「ほう。それでは、お互い頑張ろうではないか」

「いえ、坊ちゃんと決勝に残った時は、孫六さんには、わざと負けていただきたいのです」

「なんだって」

「もちろん、ただでとは言いません。負けてくださった暁《あかつき》には、三十両渡します」

孫六は、無言のまま帰って行った。

「ねえ、あなた」

「どうした、暖睦?」

「和菓子のお題は、決まりましたか」

「それが、まだなんだよ」

暖睦は、思い切って、笑顔で言った。

「うふふ。『なごり雪』は、どうかしら?」

「なごり雪」

孫六は、繰り返して言った。

◆

「決勝まで勝ち残ったのは、桔梗屋の長男の『粉雪』と、なんと孫六の『なごり雪』です」

「それでは、粉雪から味わってみることにしましょう」

「ほう、これは、片栗粉を粉雪のようにまぶして、演出も素晴らしい」

審査員は、顔を見合わせて満足の様子だった。

「続いて孫六さんの、なごり雪ですが」しかし、出てきた和菓子は、一輪の桜の花びらの形をしていた。審査員が声を揃《そろ》えてぼやいた。

「これは、季節に合わないのでは」

しかし、孫六は、自信を持って言った。

「さあ、皆さん。召し上がってください」

会場の皆は、渋々、花びらを口にしてみた。

「うっ、これは」

中には、甘い牛乳のかかった、かき氷が含まれていた。

桔梗屋の番頭は、孫六を呼び出して、睨《にら》みつけて言った。

「どうゆうつもりですか。あんないい作品作って」

審査が、終わってから、川ノ坊宗碧が会場に現れた。

「どうですかな。私の弟子に選ばれた者の作品は？」

「はい。粉雪に決まりました」

「ふむ」

「こちらは？　はて、お題は、雪のはずだったが、桜とは？」

「そうでしょう。失格ですよね」

桔梗屋の番頭は、慌てて片付けようとした。

「待ちなされ。こちらの題目は?」

「はい。なごり雪。もしやこれは」

「なごり雪です」

宗碧は、口にしようとした。

「いけません。宗碧様」

宗碧は、口に含んで言った。

「やはり。どなたの作品だ?」

「いやその」

「だれが、作ったと申しておる」

「孫六です」

「孫六か。……お前らの目は、節穴か」

一部始終を聞いた綱典たちの元にも、孫六のなごり雪は、届けられた。

「さすがは、花魁を口説いたほどの男だな」

竜が、感心して言った。

「孫六が、初めて暖睦と出会ったのも、なごり雪が舞う、桜の季節だったそうよ」

ただ一人、女心の分かる、お市が言った。

十二の章　じゃじゃ馬の恋

「久しぶりね、疾風《はやて》。元気にしてた？」

「ヒヒーン」

若い娘は、名馬の鬣《たてがみ》を撫でてやった。

「春名姫では、ありませんか」

「ああ、虎助。久しぶり」

春名は、悪戯《いたずら》っぽく笑った。

「これは、これは。綱典様に、お会いしたいんですね。早速、呼んで参ります」

虎助は、ニヤニヤとして言った。

「待って。わらわに、恥をかかせる気？」

春名は、真っ赤な顔をして止めた。

「虎助。綱典様は、お元気なのですね」

「はい」

虎助は、不思議そうな顔をして答えた。

昨夜、春名の父、宗光は言いにくそうに、春名に伝えた。

「お前が、想いを寄せる綱典様だが」

「綱典様が、どうかした？」

綱典と聞いて、春名は、書き物の手を止めた。

「うむ。どうもこの度、妻を迎えたらしい」

春名は、少し、驚いたようだったが、ニコリと笑った。

「それでは、めでたい方の話だったのじゃな」

「えっ」

宗光は、意外な春名の言葉に、思わず声を出した。

「実は、今朝方、綱典様の夢を見たのじゃ。奇妙な夢で」

春名の表情は曇った。

「奇妙というのは？」

宗光は、問うてみた。

「それが、玉座に座っておられたのだが、真紅の装束《しょうぞく》を身にまとっておられたのじゃ」

◆

虎助に案内されて、春名は、本殿の方へ向かおうとした。そこへ、お市が、竜と並んで歩いてきた。

「お市様」

慌てた様子で、虎助が言った。

「その者は？」

市が、尋ねる。

「いや。その」

虎助は、言葉に詰まった。

「その者は、春名姫と言って、以前、真田昌幸に、尻を追いかけられたオナゴだ」

見かねて、竜が口を挟んだ。

「真田だと」

お市は、幸村への復讐を、思い出した。

「そなた、ただものではないな」

春名は、お市を見て言った。

「相当の手練れと見た」

「そなた、もな」

お市も、火花を散らして言った。

張り詰めた空気を断ち切ろうと、虎助が穏やかに春名に言った。

「お市様は、綱典様の正室になられまして」

「分かっておる。しかし、女は、抱かれた数を競うのではない。たとえ一夜であって

も、わらわは、燃え尽きたわ」

「なんだと」

お市は、柳眉を逆立てた。

虎助と竜は、聞いてはいけないことを、聞いてしまったという顔をした。

「この小娘、口で言っても分からんだろう。受けて立つか」

お市は、木刀を構えようとした。それを見て、春名も竹刀を握ろうとしたが、ふいに手を離して言った。

「わらわの、負けじゃ」

「えっ」

意表を突かれた返答に、お市も戸惑った。一人で本殿へ向かう春名を、もう止めようとは、しなかった。

「春名姫は、なぜ、戦うのを、ためらったのでしょう?」

虎助が、竜に問いかけた。

「それは、お市様に、かなわぬと思ったからだろう」

「いや。目線は、下の方でした」

綱典は、早くから、その一部始終を見ていた。歩み寄ってきて、やっと、お市が振り向いた。

「そなたも、隅に置けぬな」

お市は、嫉妬を隠せずに笑った。

綱典と春名は、本殿の、二人が初めて出会った部屋に入った。

先に、口を開いたのは、春名だった。

「鼻っ柱の強いオナゴですね」

「ふふ」

綱典は、思わず笑ってしまった。

「私もだと、思っているのですね」

それには、綱典は、答えなかった。

「どうして、わざと負けたのだ？」

春名は、少し黙っていたが、答えた。

「父親になっても、気付かないんですね」

綱典は驚いて言った。

「何、まさか、お市に、ややが？」

春名は、黙って頷いた。その綱典の、あどけない笑顔を眺められるのも最後だと、
春名は知るはずもなかった。

十三の章　最後の三種の神器

「綱典様、夜分恐れ入ります。火急ゆえ」小姓の蘭丸が、寝室に駆け込んで来た。

「苦しゅうない。何事だ」

「はっ、毛利勢の夜襲です。兵の数、およそ三万」

「こちらは、三百。今から兵を召集しても、間に合わぬな」

◆

「竜、虎助。お市と歌右衛門を頼んだぞ」

「お待ち下さい。綱典様。私も残ります」

お市は、涙を流して言った。

「馬鹿を申すな。俺一人なら、何とでもなる。時がない。早く行くのだ。無事、京の叔父の城に逃げ延びたら、阿助兄さんにもよろしくな」

「綱典様！」

◆

「綱典様。おともします」

「蘭丸か。ふふ、皮肉なもんだな。信長も最後は、森蘭丸と一緒だったと聞く」

「最後などと、とんでもない」

蘭丸は、苦笑いをした。

「こうやって、勾玉《まがたま》を眺める時が来ようとは」

「綱典様、それは？」

「これは、第三の神器、文殊《もんじゅ》の勾玉だ。父、綱宣からは、私が、死を覚悟した時にだけ見ることを許されている。三百対三万か。まさに、今だな」

綱典は、螺鈿《らでん》のほどこされた唐櫃《からびつ》漆塗りの箱の蓋を躊躇《ためら》わずに開けた。

「ん、それは？」

思わず、蘭丸が不思議に思って言った。二人とも、水晶が入っているのかと思っていたが、一枚の書状だった。

「千日防御と書いてあるだけだ」

「それは？」

蘭丸が尋ねた。

「ふふ、その手があったか。蘭丸よ。文殊の勾玉とは、物ではなかったのだ。子孫が、出くわすであろう、あらゆる危機に備える先代の智恵のことだったのだ」

「なるほど」

「これを見せられては、もう一踏ん張りしないわけにはいかないな」

◆

「綱典様、これが」

「そうだ。この通路は、一人ずつしか入ることができない。よって、三万の兵が押し寄せて来ようとも、一対一の勝負を三万回戦い続けるのみ」

「しかし、綱典様。一人で三万人と戦うと、おっしゃるのですか」

「蘭丸よ、しかと見届けるか」

軍議では、しばしば虎助の代わりに、祐筆《ゆうひつ》（書記）を務めた蘭丸だったが、綱典の生きざまを、書物に書き写したいと思った。

「来たようだな」

あとがき

一度、見合いをしたことがあるんです。結論から言って、その見合いは、成就しなかったんですが、その時のデートで伺った寺で、パンフレットを一枚頂きました。

実は、このパンフレットですが、家の母方の祖先と関係がある内容なので、本棚に保管してたんです。

ある時、十九歳から読んでいた、前人未到の百三十冊という小説がやっと読めたんですが、もともと、あまり本を読むのは早くないんで、その時、達成感で興奮してたんでしょう、無謀にも、生まれて初めて、筆を執ろうと考えました。

バッタをモチーフにして、鶴の恩返し風に書く構想は、頭にイメージできたんですが、もう一工夫ほしかったんです。

ふと、時空を超えて、例のパンフレットを思い浮かべました。その人物を元に、話のイメージを膨らませてみようと。

この『THE GRASSHOPPER』ですが、元々は、一の章で完結の予定で書いたんです。ところが、時間の経過とともに、キャラクターに愛着が湧いてきて、今回、無事、続編を書くことができました。

偶然、一枚のパンフレットに書いてあった綱典という一文字から生まれた絵巻。少しだけ、一緒にお付き合いして下さい。

ペンネームの由来については、またの機会にお話しします。この本を手に取って頂いて、心より感謝いたします。

著者プロフィール

喜佐久（きさく）

飲食店、ホテル、病院、整備士、プログラマー、医療事務、バリスタ、駅員等様々な職を経験。
趣味は読書『グイン・サーガ』（栗本薫130巻読破）。『コブラ』（寺沢武一）。
特技はゲーム（チャンピオンシップロードランナー　チャンピオンカードNo.28215、ゼビウス16エリア突破、ファミリーマージャンⅡ上海への道　麻雀老君撃破）。

本文イラスト　シカタシヨミ
イラスト協力会社／株式会社ラポール イラスト事業部

THE GRASSHOPPER

2021年２月１日　初版第１刷発行

著　者　喜佐久
発行者　瓜谷 綱延
発行所　株式会社文芸社
〒160-0022 東京都新宿区新宿1－10－1
電話 03-5369-3060（代表）
03-5369-2299（販売）

印刷所　株式会社暁印刷

ISBN978-4-286-22341-4